装幀　後藤　勉
写真撮影　武田礼三

晴れの日、雨の日、曇りの日。金子みすゞさんの詩にはいろいろなお天気が登場しますが、どれもなんてみすゞさんらしいお空なのだろうと思います。とてもきれいなお空です。きっと、みすゞさんのあたたかい大きな心がプラスされたことで、何の変哲もないお天気が〝みすゞ日和《びより》〟になってしまうのではないでしょうか。

本日も素晴らしい〝みすゞ日和《びより》〟のようです。

ゆっくり深呼吸して空を見上げてみませんか。

足ぶみ……6
四月……8
金米糖の夢……10
空と海……12
忙しい空……14
花のたましい……16
お日さん、雨さん……18
不思議……20
麦藁編む子の唄……22
木の葉のボート……24
大きなお風呂……26
海へ……28
行商隊……30
昼の月……32
楊とつばめ……34
御本と海……36
海のお宮―おはなしのうたの四―……38
海の果……40

灯籠ながし……42
もくせい……44
竹とんぼ……46
いいこと……48
うらない……50
キネマの街……52
紋付き……54
さよなら……56
水と風と子供……58
大きな文字……60
手帳……62
色紙……64
帆……66
木……68
灰……70
夢売り……72
星とたんぽぽ……74
このみち……76
あとがき……78

# 足ぶみ

わらびみたよな雲が出て、
空には春が来ましたよ。

ひとりで青空みていたら、
ひとりで足ぶみしましたよ。

ひとりで足ぶみしていたら、
ひとりで笑えて来ましたよ。

ひとりで笑ってして居たら、
誰かが笑って来ましたよ。

からたち垣根が芽をふいて、
小径《こみち》にも春が来ましたよ。

# 四月

新しい御本、
新しい鞄に。

新しい葉っぱ、
新しい枝に。

新しいお日さま、
新しい空に。

新しい四月、
うれしい四月。

# 金米糖《こんぺいとう》の夢

金米糖は
夢みてた。

春の田舎《いなか》の
お菓子屋の
硝子《ガラス》のびんで
夢みてた。

硝子の舟で
海越えて
海のあなたの
大ぞらの
お星になった
夢みてた。

# 空と海

春の空はひかる、
絹のよにひかる、
なんでなんでひかる。

なかのお星が
透《す》くからよ。

春の海はひかる、
貝のよにひかる、
なんでなんでひかる。

なかに真珠が
あるからよ。

# 忙しい空

今夜はお空がいそがしい、
雲がどんどと駈けてゆく。

半かけお月さんとぶつかって、
それでも知らずに駈けてゆく。

子雲がうろうろ、邪魔っけだ、
あとから大雲、おっかける。

半かけお月さんも雲のなか、
すりぬけ、すりぬけ、駈けてゆく。

今夜はお空がいそがしい、
ほんとに、ほんとに、忙しい。

# お日さん、雨さん

ほこりのついた
芝草を
雨さん洗って
くれました。

洗ってぬれた
芝草を
お日さんほして
くれました。

こうして私が
ねころんで
空をみるのに
よいように。

# 不思議《ふしぎ》

私は不思議でたまらない、
黒い雲からふる雨が、
銀にひかっていることが。

私は不思議でたまらない、
青い桑《くわ》の葉たべている、
蚕《かいこ》が白くなることが。

私は不思議でたまらない、
たれもいじらぬ夕顔が、
ひとりでぱらりと開くのが。

私は不思議でたまらない、
誰にきいても笑ってて、
あたりまえだ、ということが。

# 麦藁《むぎわら》編《あ》む子の唄

私の編んでる麦藁は、
どんなお帽子になるかしら。

紺青《こんじょう》いろに染められて、
あかいリボンを付けられて、
遠い都のかざりまど、
明るい電燈《でんき》に照《て》らされて、
やがてかわいいおかっぱの、
嬢《じょっ》ちゃんのおつむにかぶられる……。

私もついてゆきたいな。

# 木の葉のボート

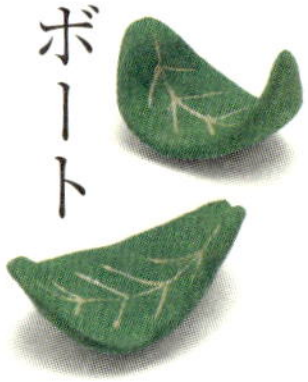

木の葉のボートに乗ってゆく、
黒い小蟻は探検家。
青いボートではるばると、
海のあなたへ出かけます。

海のあなたのはなれ島、
砂糖のお山、蜜の川、

そうして怖い鳥もいず
蟻の地獄もないとこを。

青いボートでただひとり、
これから尋ねに出かけます。

# 大きなお風呂

とても大きな
大きなお風呂。
湯槽《ゆぶね》は白砂、
天井は青空、
誰がはいろと
お湯銭は要《い》らぬ。

ここじゃ私と西瓜《すいか》の皮が、
そこじゃ弟と玩具の亀が、

見えない遠いどこぞのふちにゃ、
支那《しな》の子供も浸《つか》っていよし、
くろい印度《インド》の子供も遊ぼ。

世界中つづいた
大きなお風呂、
すてきなお風呂。

# 海へ

祖父《じい》さも海へ、
父《とと》さも海へ、
兄《あに》さも海へ、
みんなみんな海へ。

海のむこうは
よいところだよ、
みんな行ったきり
帰りゃあしない。

おいらも早く
大人になって、
やっぱり海へ
ゆくんだよ。

# 行商隊《キャラバン》

ひろいひろい砂漠《さばく》だ。
くろいくろいかげを、
うつして続いて行くのは、
行商隊だ、行商隊だ。
——駱駝《らくだ》のむれはみな黒い、
　そうして脚《あし》が六つある。

あついあつい砂漠だ。

しんと照るまひるだ。
百里南は大海、
百里北には椰子《やし》の木。
——その椰子の木に咲く花は、
　はまなでしこの色してる。

山も谷も砂だ。
はても知れない砂漠だ。
しずかに黒くゆくのは、
行商隊だ、 行商隊だ。
——あついまひるの砂浜の
　黒い小蟻の行列だ。

# 昼の月

しゃぼん玉みたいな
お月さま、
風吹きゃ、消えそな
お月さま。

いまごろ
どっかのお国では、
砂漠《さばく》をわたる
旅びとが、
暗い、暗いと
いってましょ。

白いおひるの
お月さま、
なぜなぜ
行ってあげないの。

# 楊《やなぎ》とつばめ

無事でいたかと
川やなぎ、
若いつばめに
いいました。

ふたり啼《な》いてた
その枝よ、
ひとりは旅で
死にました。

若いつばめは
もの言わず、
ついと水《み》の面《も》を
ゆきました。

# 御本と海

ほかのどの子が持っていよ、
いろんな御本、このように。
ほかのどの子が知っていよ、
支那《しな》や印度《インド》のおはなしを。
みんな御本をよまない子、
なにも知らない漁夫《りょうし》の子。

みんなはみんなで海へゆく、
私は私で本を読む、
大人がおひるねしてるころ。

みんなはいまごろ、あの海で、
波に乗ったり、もぐったり、
人魚のように、あそぶだろ。

人魚のくにの、おはなしを、
御本のなかで、みていたら、
海へゆきたくなっちゃった。

急に、行きたくなっちゃった。

# 海のお宮

——おはなしのうたの四——

海のお宮は琅玕《ろうかん》づくり、
月夜のような青《あァお》いお宮、
青いお宮で乙姫さんは、
きょうも一日、海みています。
いつか、いつかと、海みています。

いつまで見ても、
浦島さんは、
陸《おか》へかえった
浦島さんは——

海のおくにの静かな昼を、
うごくは紅《あか》い海くさばかり、
うすむらさきのその影ばかり。

百年たっても、乙姫さんは
いつか、いつかと、海みています。

# 海の果《はて》

雲の湧《わ》くのはあすこいら、
虹の根もともあすこいら。

いつかお舟でゆきたいな、
海の果までゆきたいな。

あまり遠くて、日が暮れて、
なにも見えなくなったって、

あかいなつめをもぐように、
きれいな星が手で採《と》れる、
海の果までゆきたいな。

# 灯籠《とうろう》ながし

昨夜《ゆうべ》流した
灯籠は、
ゆれて流れて
どこへ行《い》た。

西へ、西へと
かぎりなく、
海とお空の
さかいまで。

ああ、きょうの、
西のおそらの
あかいこと。

もくせい

もくせいのにおいが
庭いっぱい。

表の風が、
御門のとこで、
はいろか、やめよか、
相談してた。

# 竹とんぼ

キリリ、キリリ、竹とんぼ、
あがれ、あがれ、竹とんぼ。

二階の屋根よりまだ高く、
一本杉よりまだ高く、
かつらぎ山よりまだ高く。

も一度
飛ばそ。

表
出るまで、
何べんでも
飛ばそ。

夕やけ、
小やけ、
雲まで
飛ばそ。

# キネマの街《まち》

あおいキネマの
月が出て
キネマの街に
なりました。

屋根に
黒猫
居やせぬか。

こわい
マドロス
来やせぬか。

キネマがえりに
月が出て
見知らぬ街に
なりました。

# 紋《もん》付《つ》き

しずかな、秋のくれがたが
きれいな紋つき、着てました。

白い御紋《ごもん》は、お月さま
藍《あい》をぼかした、水いろの
裾の模様は、紺《こん》の山
海はきらきら、銀砂子《ぎんまなご》。

紺のお山にちらちらと
散った灯《あか》りは、刺繍《ぬい》でしょう。

どこへお嫁にいくのやら
しずかな秋のくれがたが
きれいな紋つき着てました。

# さよなら

降《お》りる子は海に、
乗る子は山に。
船はさんばしに、
さんばしは船に。

鐘《かね》の音《ね》は鐘に、
けむりは町に。

町は昼間に、
夕日は空に。

私もしましょ
さよならしましょ。

きょうの私に
さよならしましょ。

# 水と風と子供

天と地を
くぅるくぅる
まわるは誰じゃ。
それは水。

世界中を
くぅるくぅる
まわるは誰じゃ。
それは風。

柿の木を
くぅるくぅる
まわるは誰じゃ。
それはその実の欲しい子じゃ。

# 大きな文字

お寺のいちょうの
大筆で
誰か、大文字
かかないか。

東のお空
いっぱいに
「コドモノクニ」と
書かないか。

いまに出てくる
お月さん、
びっくり、しゃっくり
させないか。

# 手帳

静かな朝の砂浜で
小さな手帳をひろった
緋繻子《ひじゅす》の表紙、金の文字
あけてみたれどまだ白い

たれが落して行ったやら
波にきいても波ざんざ
渚《なぎさ》に足のあともない
きっと今朝《けさ》がた飛んでいた
南へかえるつばくろが
旅の日記をつけるとて
買《こ》うて落したものでしょう。

色紙
いろがみ

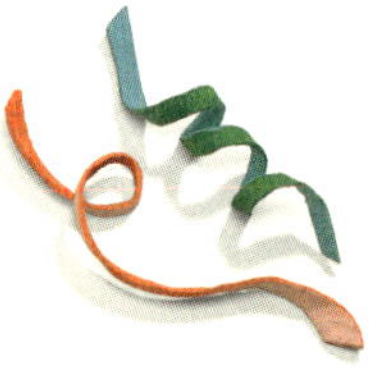

きょうはさびしい曇り空
あんまり淋しいくもり空。

暗いはとばにあそんでる
白いお鳩の小さな足に
赤やみどりの色紙を
長くつないでやりましょう

そして一しょに飛ばせたら
どんなにお空がきれいでしょう。

# 帆

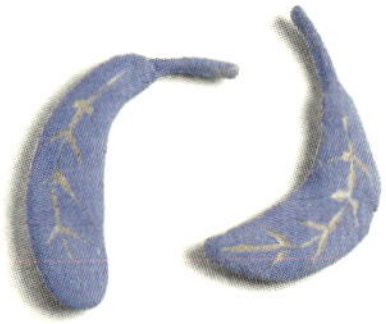

ちょいと
渚の貝がら見た間に、
あの帆はどっかへ
行ってしまった。

こんなふうに
行ってしまった、
誰かがあった——
何かがあった——

# 木

お花が散って
実が熟《う》れて、
その実が落ちて
葉が落ちて、

それから芽が出て
花が咲く。

そうして何べん
まわったら、
この木は御用が
すむかしら。

# 灰

花咲爺さん、灰おくれ、
笊《ざる》にのこった灰おくれ、
私はいいことするんだよ。

さくら、もくれん、梨、すもも、
そんなものへは撒《ま》きゃしない、
どうせ春には咲くんだよ。

一度もあかい花咲かぬ、
つまらなそうな、森の木に、
灰のありたけ撒くんだよ。

もしもみごとに咲いたなら、
どんなにその木はうれしかろ、
どんなに私もうれしかろ。

## 夢売り

年のはじめに
夢売りは、
よい初夢を
売りにくる。

たからの船に
山のよう

よい初夢を
積んでくる。

そしてやさしい
夢売りは、
夢の買えない
うら町の、
さびしい子等《こら》の
ところへも、
だまって夢を
おいてゆく。

# 星とたんぽぽ

青いお空の底ふかく、
海の小石のそのように、
夜がくるまで沈んでる、
昼のお星は眼にみえぬ。

見えぬけれどもあるんだよ、
見えぬものでもあるんだよ。

散ってすがれたたんぽぽの、
瓦のすきに、だァまって、
春のくるまでかくれてる、
つよいその根は眼にみえぬ。
見えぬけれどもあるんだよ、
見えぬものでもあるんだよ。

# このみち

このみちのさきには、
大きな森があろうよ。
ひとりぼっちの榎《えのき》よ、
このみちをゆこうよ。

このみちのさきには、
大きな海があろうよ。
蓮池《はすいけ》の※かえろよ、

このみちをゆこうよ。
このみちのさきには、
大きな都があろうよ。
さびしそうな案山子《かかし》よ、
このみちを行こうよ。

このみちのさきには、
なにかなにかあろうよ。
みんなでみんなで行こうよ、
このみちをゆこうよ。

注　※かえろ——かえる

あとがき

「みすゞびより」　国語辞典には載っていない言葉ですが、なんだかありそうで親しみのもてる響きです。　みすゞびより【みすゞ日和】わくわく、どきどき、心がほんわかするような空模様。というような解釈になるのでしょうか？この仮説で話をすすめますと季節は関係ありませんから、一年中いつでも〝みすゞびより〟はありえるわけですね。すごいですねぇ。

## お日さん、雨さん

ほこりのついた
芝草を
雨さん洗って
くれました。

洗ってぬれた
芝草を
お日さんほして
くれました。

こうして私が
ねころんで
空をみるのに
よいように。

こんなあるみすゞびよりに、お日さん、雨さん、そしてお百姓さんに感謝しながらお弁当のおむすびをほおばってみたいものです。おいしいこと間違いありません。

人形作家　三瓶季恵

## 金子みすゞ

本名金子テル　明治三十六年（1903）、山口県仙崎村（現　長門市）に生まれる。二十歳の頃から「金子みすゞ」のペンネームで雑誌「童話」「赤い鳥」などに投稿を始め、西條八十に高い評価を受ける。二十三歳で結婚、一女をもうけるが昭和五年（1930）二十六歳で命を絶つ。死後五十年以上経て、埋もれていた遺稿が発見され、全集等が出版されみすゞブームがおこる。地元長門市に建つ「金子みすゞ記念館」には訪れる人が多く、高い人気を保つ童謡詩人である。その詩は、見えないもの、小さなものへの無垢なまなざし、心のありかたを表現し、現代人の忘れてしまったものを呼びおこしてくれる。

---

金子みすゞ詩集
# みすゞびより

発行　平成十八　年五月二十五日　初版発行
平成二十三年四月二十五日　三刷発行

著者　金子みすゞ［詩］
三瓶季恵［人形］

発行者　和田佐知子

発行所　株式会社　春陽堂書店
東京都中央区日本橋3-4-16
電話03（3815）1666

印刷・製本　株式会社　加藤文明社

本書は『新装版　金子みすゞ全集』（JULA出版局刊）を底本といたしました。新字、現代かなづかいに改めました。ルビは特殊な読みや難読・誤読のおそれのある語にのみつけました。原則として最初に登場する語にのみつけました。

ISBN4-394-90240-1 C0092